圖書在版編目（CIP）數據

西廂記 / (元) 王實甫著. -- 揚州 : 廣陵書社,
2010.2（2018.3 重印）
ISBN 978-7-80694-563-6

Ⅰ. ①西… Ⅱ. ①王… Ⅲ. ①雜劇－劇本－中國－元代 Ⅳ. ①I237.1

中國版本圖書館CIP數據核字(2010)第029637號

ISBN 978-7-80694-563-6

西廂記

著者 （元）王實甫
責任編輯 王志娟
出版人 曾學文
出版發行 廣陵書社
社址 揚州市維揚路三四九號
郵編 二二五〇〇九
電話 （〇五一四）八五二二八〇八八　八五二二八〇八九
印刷 常州市金壇古籍印刷廠有限公司
版次 二〇一〇年二月第一版
印次 二〇一八年三月第五次印刷
標準書號 ISBN 978-7-80694-563-6
定價 壹佰貳拾圓整（全貳册）

http://www.yzglpub.com　E-mail:yzglss@163.com

元・王實甫 著

西廂記

廣陵書社
中國・揚州

文華叢書序

時代變遷，經典之風采不衰；文化演進，傳統之魅力更著。古人有登高懷遠之慨，今人有探幽訪勝之思。在印刷裝幀技術日新月异的今天，國粹綫裝書的踪迹愈來愈難尋覓，給傾慕傳統的讀書人帶來了不少惆悵和遺憾。我們編印《文華叢書》，實是爲喜好傳統文化的士子提供精神的享受和慰藉。

叢書立意是將傳統文化之精華萃于一編。以内容言，所選均爲經典名著，自諸子百家、詩詞散文以至蒙學讀物、明清小品，咸予收羅，經數年之積纍，已蔚然可觀。以形式言，則采用激光照排，文字大方，版式疏朗，宣紙精印，綫裝裝幀，讀來令人賞心悦目。同時，爲方便更多的讀者購買，復盡量降低成本、降低定價，好讓綫裝珍品更多地進入尋常百姓人家。

可以想像，讀者于忙碌勞頓之餘，安坐窗前，手捧一册古樸精巧的綫裝書，細細把玩，静静研讀，如沐春風，如品醇釀……此情此景，令人神往。

讀者對于綫裝書的珍愛使我們感受到傳統文化的魅力。近年來，叢書中的許多品種均一再重印。爲方便讀者閲讀收藏，特進行改版，將開本略作調整，擴大成書尺寸，以使版面更加疏朗美觀。相信《文華叢書》會贏得越來越多讀者的喜愛。

有《文華叢書》相伴，可享受高品位的生活。

廣陵書社編輯部

二〇一〇年一月

出版説明

《西厢記》雜劇，五本二十折，元王實甫著。

據元代人鍾嗣成《録鬼簿》記載，王實甫名德信，大都（今北京）人，生卒年不詳。

《西厢記》全名《崔鶯鶯待月西厢記》，取材於唐代元稹的傳奇小説《鶯鶯傳》（又名《會真記》），并在金朝人董解元《西厢記諸宫調》的基礎上改編、創作而成。内容寫書生張君瑞上朝應舉途中，和相國之女崔鶯鶯在普救寺相遇，并産生愛情，因崔母老夫人的反對不能如願；後來，通過侍女紅娘的相助，二人最終冲破封建禮教的束縛而結合。

《西厢記》提出了『願普天下有情的人都成了眷屬』的主張，對封建禮教提出了强烈的抗議。問世以來，該劇雖然遭到歷代統治者的禁毁，但依然深受廣大人民的喜愛，并且流傳、影響極爲廣泛。《西厢記》不但劇中人物性格鮮明，劇情曲折動人，而且文辭優美，詩情濃鬱，在藝術成就上達到了極高的境界，深受歷代名人大家的好評，被清金聖嘆譽爲『第六才子書』。堪稱是中國文學史上的一座豐碑。

《西厢記》版本衆多，我社以暖紅室本爲底本，參考其他刻本，進行標點重排，書前選配精美版畫，書後附録元稹《會真記》及《西厢記考據》，以綫裝的形式推出，具有較高的收藏和欣賞價值。

廣陵書社編輯部

二〇一〇年一月

雙文小像

竝燕鶯爲字聯徽氏姓崔非烟宜采畫
秀玉勝江梅薄命千年恨芳心一寸灰
西廂舊紅樹曾與月徘徊

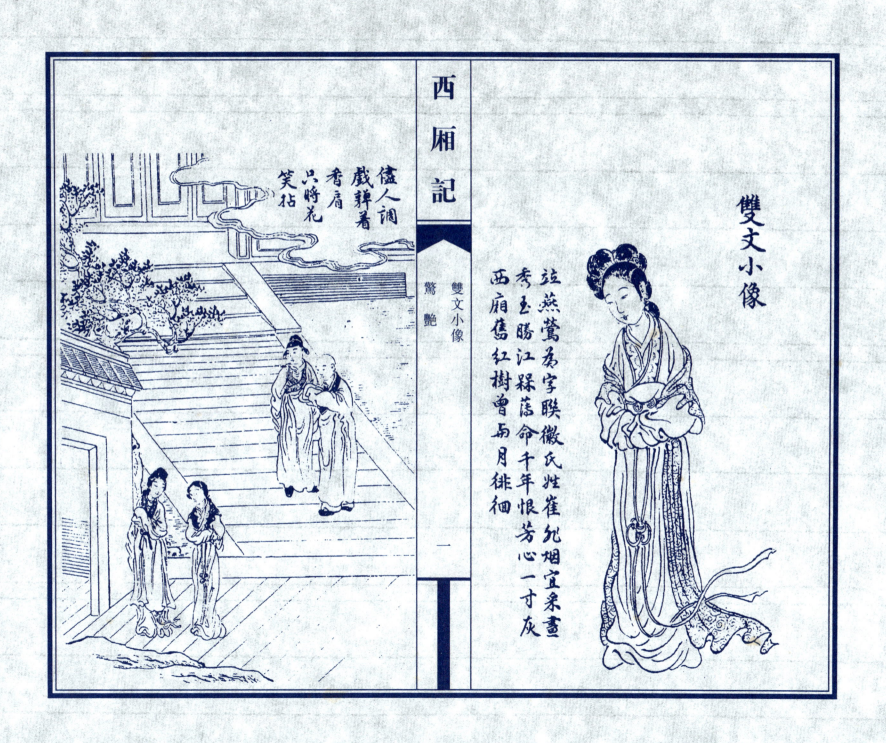

西廂記

借廂
酬韵

二

西廂記

鬧齋 寺警

西廂記

請宴

賴婚

四

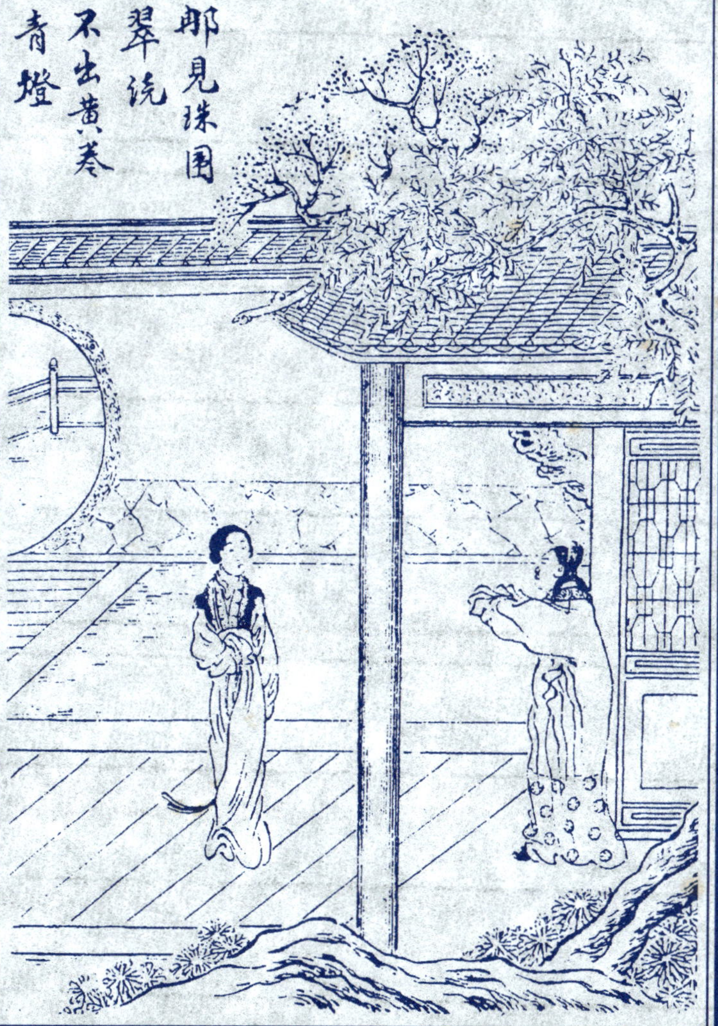

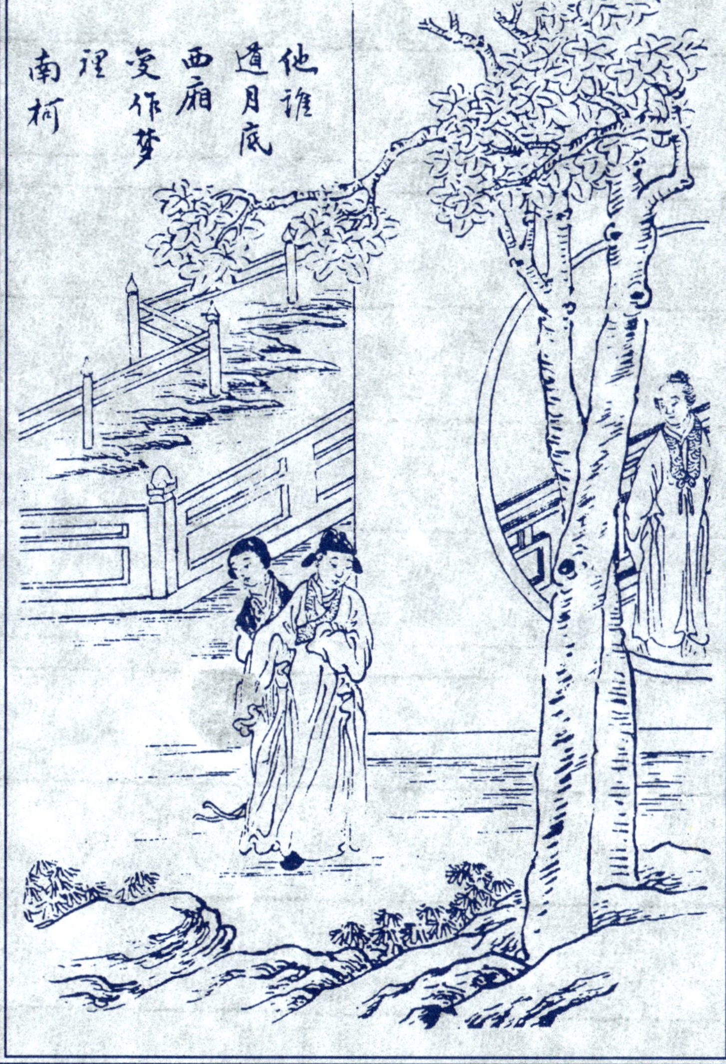

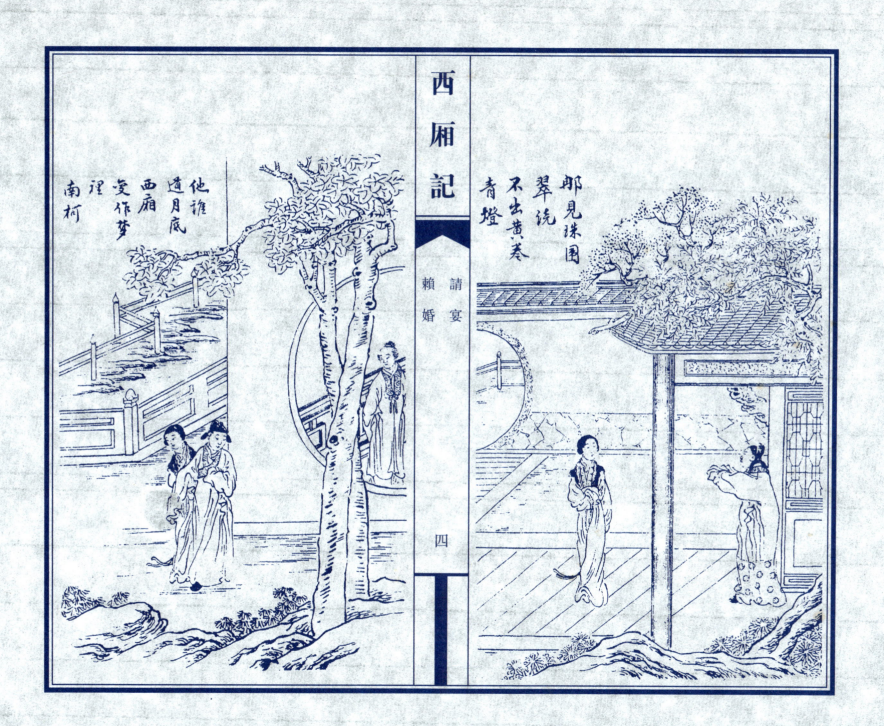

西廂記

琴心
前候

五

西廂記

鬧簡
賴簡

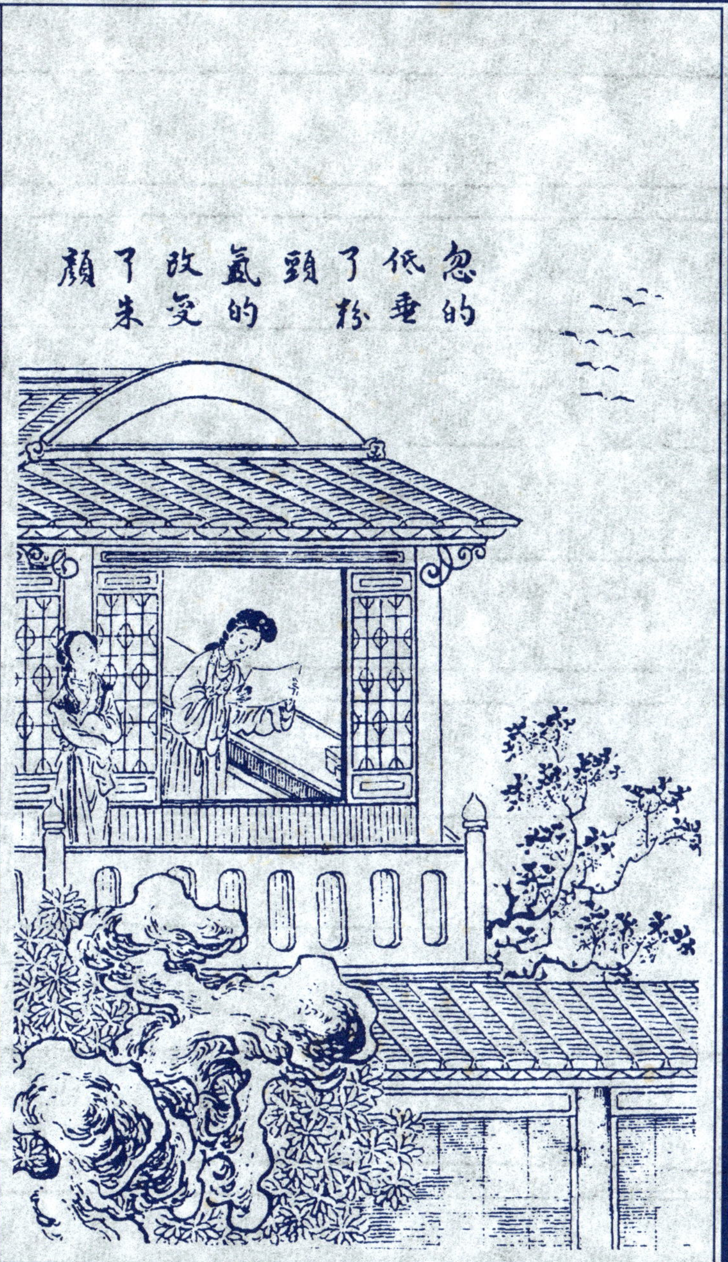

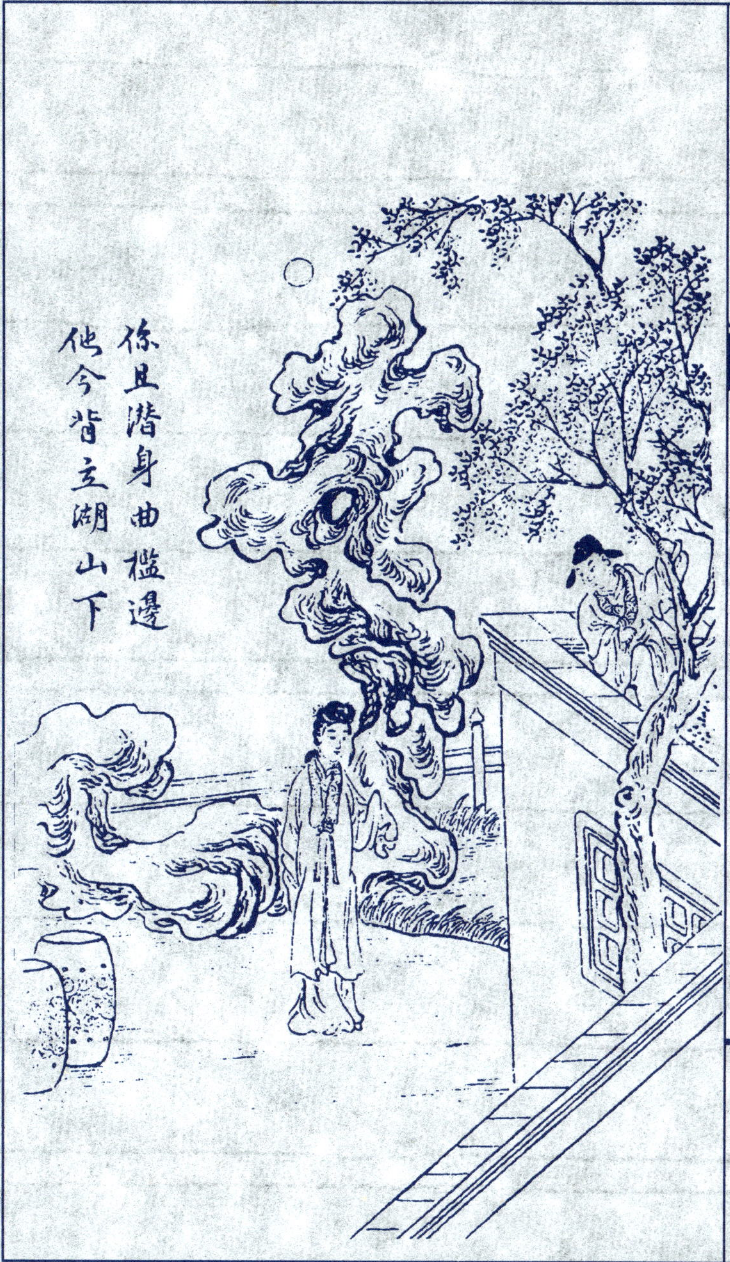

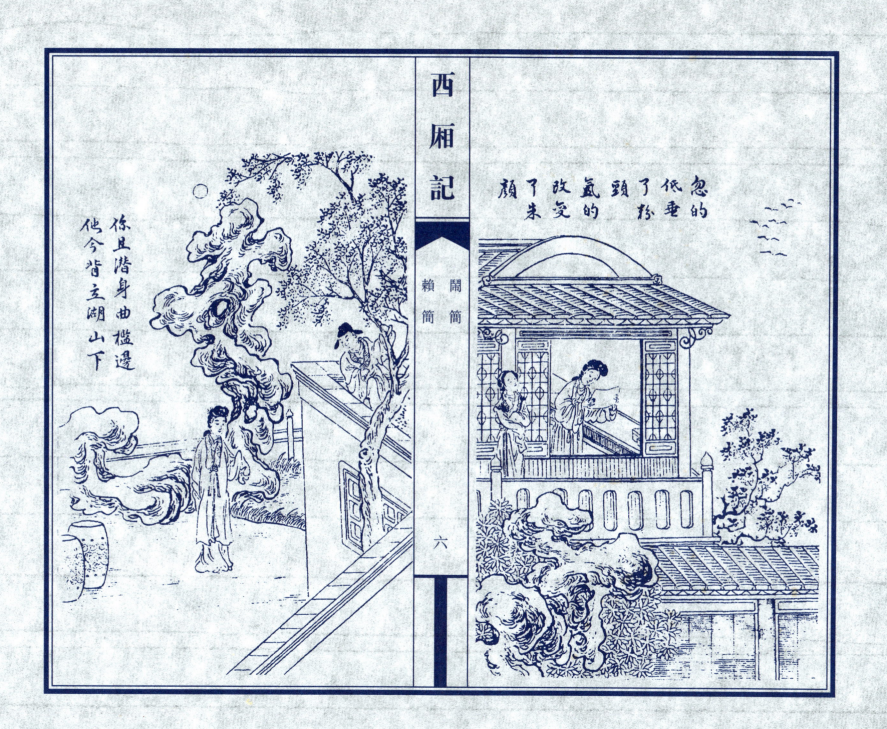

西廂記

後候

酬簡

西廂記

拷艷

哭宴

西廂記

驚夢

泥金報捷

西厢記

錦字緘愁
鄭恒求配

目錄

第一本　張君瑞鬧道場雜劇

○楔子

（外扮老夫人上開）老身姓鄭，夫主姓崔，官拜前朝相國，不幸因病告殂。只生得個小姐，小字鶯鶯，年一十九歲，針黹女工，詩詞書算，無不能者。老相公在日，曾許下老身之侄，乃鄭尚書之長子鄭恒爲妻。因俺孩兒父喪未滿，未得成合。又有個小妮子，是自幼伏侍孩兒的，喚做紅娘。一個小廝兒，喚做歡郎。先夫弃世之後，老身與女孩兒扶柩至博陵安葬，因路途有阻，不能得去。來到河中府，將這靈柩寄在普救寺内。這寺是先夫相國修造的，是則天娘娘香火院，况兼法本長老又是俺相公剃度的和尚，因此俺就這西廂下一座宅子安下。一壁寫書附京師去，喚鄭恒來相扶回博陵去。我想先夫在日，食前方丈，從者數百，今日至親則這三四口兒，好生傷感人也呵！

【仙吕】【賞花時】夫主京師禄命終，子母孤孀途路窮；因此上旅櫬在梵王宫。盼不到博陵舊冢，血淚灑杜鵑紅。

今日暮春天氣，好生困人，不免喚紅娘出來分付他。紅娘何在？（旦倈扮紅見科）（夫人云）你看佛殿上没人燒香呵，和小姐閑散心耍一回去來。（紅云）謹依嚴命。（夫人下）（紅云）小姐有請。（正旦扮鶯鶯上）（紅云）夫人著俺和姐姐佛殿上閑耍一回去來。（旦唱）

【幺篇】可正是人值殘春蒲郡東，門掩重關蕭寺中。花落水流紅，閑愁萬種，無語怨東風。（并下）

○第一折

（正末扮張生騎馬引俫人上開）小生姓張名珙，字君瑞，本貫西洛人也。先人拜禮部尚書，不幸五旬之上因病身亡。後一年喪母。小生書劍飄零，功名未遂，游於四方。即今貞元十七年二月上旬，唐德宗即位，欲往上朝取應，路經河中府，過蒲關上，有一人姓杜名確，字君實，與小生同郡同學，當初爲八拜之交。後弃文就武，遂得武舉狀元，官拜征西大元帥，統領十萬大軍，鎮守著蒲關。小生就望哥哥一遭，却往京師求進。暗想小生螢窗雪案，刮垢磨光，學成滿腹文章，尚在湖海飄零，何日得遂大志也呵！萬金寶劍藏秋水，滿馬春愁壓綉鞍。

【仙吕】【點絳唇】游藝中原，脚跟無綫，如蓬轉。望眼連天，日近長安遠。

【混江龍】向《詩》《書》經傳，蠹魚似不出費鑽研。將棘圍守暖，把鐵硯磨穿。投至得雲路鵬程九萬里，先受了雪窗螢火二十年。才高難入俗人機，時乖不遂男兒願。空雕蟲篆刻，綴斷簡殘編。

行路之間，早到蒲津。這黄河有九曲，此正古河内之地，你看好形勢也呵！

【油葫蘆】九曲風濤何處顯，則除是此地偏。這河帶齊梁分秦晋隘幽燕；雪浪拍長空，天際秋雲捲；竹索纜浮橋，水上蒼龍偃；東西潰九州，南北串百川。歸舟緊不緊如何見？却便似弩箭乍離弦。

【天下樂】只疑是銀河落九天。淵泉、雲外懸，入東洋不離此徑穿。滋洛陽千種花，潤梁園萬頃田，也曾泛浮槎到日月邊。

話説間早到城中。這裏一座店兒，琴童接下馬者。店小二哥那裏？（小二上云）自家是這狀元店裏小二哥。官人要下呵，俺這裏有乾净店房。（末云）頭房裏下，先撒和那馬者。小二哥你來，我問你：這裏有甚麼閑散心處？名山勝境，福地寶坊皆可。（小二云）俺這裏有座寺，名曰普救寺，是則天皇后香火院，蓋造非俗：琉璃殿相近青霄，舍利塔直侵雲漢。南來北往，三教九流，過者無不瞻仰；則除那裏可以君子游玩。（末云）琴童，料持下晌午飯，俺到那裏走一遭，便回來也。（童云）安排下飯，撒和了馬，等哥哥回家。（下）（法聰上）小僧法聰，是這普救寺法本長老座下弟子。今日師父赴齋去了，著我在寺中，但有探長老的，便記著，待師父回來報知。山門下立地，看有甚麼人來。（末上云）却早來到也。（見聰了，聰問云）客官從何來？（末云）小生西洛至此，聞上刹幽雅清爽，一來瞻仰佛像，二來拜謁長老。敢問長老在麼？（聰云）俺師父不在寺中，貧僧弟子法聰的便是。請先生方丈拜茶。（末云）既然長老不在呵，不必喫茶；敢煩和尚相引，瞻仰一遭，幸甚！（聰云）小僧取鑰匙，開了佛殿、鐘樓、羅漢堂、香積厨，盤桓一會，師父敢待回來。（末云）是蓋造得好也呵！

【村裏迓鼓】隨喜了上方佛殿，早來到下方僧院。行過厨房近西，法堂北，鐘樓前面。游了洞房，登了寶塔，將迴廊繞遍。數了羅漢，參了菩薩，拜了聖賢。

（鶯鶯引紅娘撚花枝上云）紅娘，俺去佛殿上耍去來。（末做見科）呀！

正撞著五百年前風流業冤。

【元和令】顛不剌的見了萬千，似這般可喜娘的龐兒罕曾見。則著人眼花撩亂口難言，魂靈兒飛在半天。他那裏儘人調戲嚲著香肩，只將花笑撚。

【上馬嬌】這的是兜率宮，休猜做了離恨天。呀，誰想著寺裏遇神仙！我見他宜嗔宜喜春風面，偏、宜貼翠花鈿。

【勝葫蘆】則見他宮樣眉兒新月偃，斜侵入鬢雲邊。

（旦云）紅娘，你覷：寂寂僧房人不到，滿階苔襯落花紅。（末云）我死也！

未語人前先腼腆，櫻桃紅綻，玉粳白露，半晌恰方言。

【幺篇】恰便似嚦嚦鶯聲花外囀，行一步可人憐。解舞腰肢嬌又軟，千般裊娜，萬般旖旎，似垂柳晚風前。

（紅云）那壁有人，咱家去來。（旦回顧覷末下）（末云）和尚，恰怎麼觀音現來？（聰云）休胡說！這是河中府崔相國的小姐。（末云）世間有這等女子，豈非天姿國色乎？休說那模樣兒，則那一對小脚兒，價值百鎰之金。（聰云）偌遠地，他在那壁，你在這壁，繫著長裙兒，你便怎知他脚兒？（末云）法聰，來，來，來，你問我怎便知，你覷：

【後庭花】若不是襯殘紅芳徑軟，怎顯得步香塵底樣兒淺。且休題眼角兒留情處，則這脚踪兒將心事傳。慢俄延，投至到櫳門兒前面，剛那了一步遠。剛剛的打個照面，風魔了張解元。似神仙歸洞天，空餘下楊柳烟，只聞得鳥雀喧。

【柳葉兒】呀，門掩著梨花深院，粉墻兒高似青天。恨天，天不與人行方便，好著我難消遣，端的是怎留連。小姐呵，則被你兀的不引了人意馬心猿？

（聰云）休惹事，河中開府的小姐去遠了也。（末唱）

【寄生草】蘭麝香仍在，佩環聲漸遠。東風搖曳垂楊綫，游絲牽惹桃花片，珠簾掩映芙蓉面。你道是河中開府相公家，我道是南海水月觀音現。

『十年不識君王面，始信嬋娟解誤人。』小生便不往京師去應舉也罷。

（覷聰云）敢煩和尚對長老說知，有僧房借半間，早晚溫習經史，勝如旅邸內冗雜，房金依例拜納，小生明日自來也。

【賺煞】餓眼望將穿，饞口涎空咽，空著我透骨髓相思病染，怎當他臨去秋波那一轉！休道是小生，便是鐵石人也意惹情牽。近庭軒，花柳爭妍，日午當庭塔影圓。春光在眼前，爭奈玉人不見，將一座梵王宮疑是武陵源。（下）

○第二折

（夫人上白）前日長老將錢去與老相公做好事，不見來回話。道與紅娘，傳著我的言語，去問長老：幾時好與老相公做好事？就著他辦下東西的當了，來回我話者。（下）（淨扮潔上）老僧法本，在這普救寺內做長老。此寺是則天皇后蓋造的，後來崩損，又是崔相國重修的。現今崔老夫人領著家眷，扶柩回博陵。因路阻暫寓本寺西廂之下，待路通回博陵遷葬。夫人處事温儉，治家有方，是是非非，人莫敢犯。夜來老僧赴齋，不知曾有人來望老僧否？（喚聰問科）（聰云）夜來有一秀才自西洛而來，特謁我師，不遇而返。（潔云）山門外覷著，若再來時，報我知道。（末上云）昨日見了那小姐，到有顧盼小生之意。今日去問長老借一間僧房，早晚温習經史；倘遇那小姐出來，必當飽看一會。

【中呂】【粉蝶兒】不做周方，埋怨殺你個法聰和尚。借與我半間客舍僧房，與我那可憎才居止處門兒相向。雖不能勾竊玉偷香，且將這盼行雲眼睛兒打當。

【醉春風】往常時見傅粉的委實羞，畫眉的敢是謊；今日多情人一見了有情娘，著小生心兒裏早癢、癢。迤逗得腸荒，斷送得眼亂，引惹得心忙。

（末見聰科）（聰云）師父正望先生來哩，只此少待，小僧通報去。（潔出見末科）（末云）是好一個和尚呵！

【迎仙客】我則見他頭似雪，鬢如霜，面如童少年得內養；貌堂堂，聲朗朗，頭直上只少個圓光。却便似捏塑來的僧伽像。

（潔云）請先生方丈內相見。夜來老僧不在，有失迎迓，望先生恕罪！（末云）小生久聞老和尚清譽，欲來座下聽講，何期昨日不得相遇。今能一見，是小生三生有幸矣。（潔云）先生世家何郡？敢問上姓大名，因甚

至此？（末云）小生姓張名珙，字君瑞。

【石榴花】大師一一問行藏，小生仔細訴衷腸。自來西洛是吾鄉，宦游在四方，寄居咸陽。先人拜禮部尚書多名望，五旬上因病身亡。

（潔云）老相公弃世，必有所遺。（末唱）

平生正直無偏向，止留下四海一空囊。

（潔云）老相公在官時渾俗和光。（末唱）

【鬥鵪鶉】俺先人甚的是渾俗和光，衠一味風清月朗。

（潔云）先生此一行，必上朝取應去。（末唱）

小生無意求官，有心待聽講。

小生特謁長老，奈路途奔馳，無以相饋——

量著窮秀才人情則是紙半張，以沒甚七青八黃，儘著你說短論長，一任待掂斤播兩。

徑禀：有白銀一兩，與常住公用，略表寸心，望笑留是幸！（潔云）先生客中，何故如此？（末云）物鮮不足辭，但充講下一茶耳。

【上小樓】小生特來見訪，大師何須謙讓。

（潔云）老僧决不敢受。（末唱）

這錢也難買柴薪，不够齋糧，且備茶湯。

（覷聽云）這一兩銀，未爲厚禮。

你若有主張，對艷妝，將言詞説上，我將你衆和尚死生難忘。

（潔云）先生必有所請。（末云）小生不揣有懇，因惡旅邸冗雜，早晚難以温習經史，欲假一室，晨昏聽講。房金按月任意多少。

（潔云）敝寺頗有數間，任先生揀選。（末唱）

【幺篇】也不要香積厨，枯木堂。遠著南軒，離著東墻，靠著西廂。近主廊，過耳房，都皆停當。

（潔云）便不呵，就與老僧同處何如？（末笑云）要恁怎麽。

你是必休題著長老方丈。

（紅上云）老夫人著俺問長老：幾時好與老相公做好事？看得停當回話。須索走一遭去來。（見潔科）長老萬福！夫人使侍妾來問：幾時好與老相公做好事？著看得停當了回話。（末背云）好個女子也呵！

【脱布衫】大人家舉止端詳，全没那半點兒輕狂。大師行深深拜了，啓朱唇語言的當。

【小梁州】可喜娘的龐兒淺淡妝，穿一套縞素衣裳；胡伶渌老不尋常，偷睛望，眼挫裏抹張郎。

【幺篇】若共他多情的小姐同鴛帳，怎捨得他疊被鋪床。我將小姐央，夫人怏，他不令許放，我親自寫與從良。

（潔云）二月十五日，可與老相公做好事。（紅云）妾與長老同去佛殿看了，却回夫人話。（潔云）先生請少坐，老僧同小娘子看一遭便來。（末云）何故却小生？便同行一遭，又且何如？（潔云）便同行。（末云）著小娘子先行，俺近後些。（潔云）一個有道理的秀才。（末云）小生有一句話說，敢道麽？（潔云）便道不妨。（末唱）

【快活三】崔家女艷妝，莫不是演撒你個老潔郎？

（潔云）俺出家人那有此事？（末唱）既不沙，

却怎睃趁著你頭上放毫光，打扮的特來晃。

（潔云）先生是何言語！早是那小娘子不聽得哩，若知呵，是甚意思！（紅上佛殿科）（末唱）

【朝天子】過得主廊，引入洞房，好事從天降。

我與你看著門兒，你進去。（潔怒云）先生，此非先王之法言，豈不得罪於聖人之門乎？老僧偌大年紀，焉肯作此等之態？（末唱）

好模好樣忒莽撞。

没則羅便罷，

煩惱則麽耶唐三藏？

怪不得小生疑你，

偌大一個宅堂，可怎生别没個兒郎，使得梅香來說勾當？

（潔云）老夫人治家嚴肅，内外并無一個男子出入。（末背云）這秃厮巧說。

你在我行、口强，硬抵著頭皮撞。

（潔對紅云）這齋供道場都完備了，十五日請夫人小姐拈香。（末問云）何故？（潔云）這是崔相國小姐至孝，爲報父母之恩，又是老相國禫日，就脱孝服，所以做好事。（末哭科云）『哀哀父母，生我劬勞，欲報深恩，昊天罔極。』小姐是一女子，尚然有報父母之心；小生湖海飄零數年，自父母下世之後，并不曾有一陌紙錢相報。望和尚慈悲爲本，小生亦備錢五千，怎生帶得一分兒齋，追薦俺父母咱！便夫人知也不妨，以盡人子之心。（潔云）法聰，與這先生帶一分者。（末背問聰云）那小姐明日來麽？（聰云）他父母的勾當，如何不來。（末背云）這五千錢使得有些下落者。

【四邊静】人間天上，看鶯鶯强如做道場。軟玉温香，休道是相親傍；若能够湯他一湯，到與人消灾障。

（潔云）都到方丈喫茶。（做到科）（末云）小生更衣咱。（末出科云）那小娘子已定出來也，我只在這裏等待問他咱。（紅辭潔云）我不喫茶了，恐夫人怪來遲，去回話也。（紅出科）（末迎紅娘祗揖科）小娘子拜揖！（紅云）先生萬福！（末云）小娘子莫非鶯鶯小姐的侍妾麽？（紅云）我便是，何勞先生動問？（末云）小生姓張，名珙，字君瑞，本貫西洛人也。年方二十三歲，正月十七日子時建生，并不曾娶妻……（紅云）誰問你來？（末云）敢問小姐常出來麽？（紅怒云）先生是讀書君子，孟子曰：『男女授受不親，禮也。』君子『瓜田不納履，李下不整冠』。道不得個『非禮勿視，非禮勿聽，非禮勿言，非禮勿動』。俺夫人治家嚴肅，有冰霜之操。内無應門五尺之童，年至十二三者，非呼召，不敢輒入中堂。向日鶯鶯潛出閨房，夫人窺之，召立鶯鶯於庭下，責之曰：『汝爲女子，不告而出閨門，倘遇游客小僧私視，豈不自耻？』鶯立謝而言曰：『今當改過從新，毋敢再犯。』是他親女，尚然如此，何况以下侍妾乎？先生習先王之道，尊周公之禮，不干己事，何故用心？早是妾身，可以容恕，若夫人知其事，决無干休。今後得問的問，不得問的休胡説！（下）（末云）這相思索是害也！

【哨遍】聽説罷心懷悒怏，把一天愁都撮在眉尖上。説『夫人節操凛冰霜，不召呼，誰敢輒入中堂！』自思想，比及你心兒裏畏懼老母親威嚴，小姐呵，你不合臨去也回頭兒望。待颺下教人怎颺？赤緊的情沾了肺腑，意惹了肝腸。若今生難得有情人，是前世燒了斷頭香。我得時節手掌兒裏奇擎，心坎兒裏温存，眼皮兒上供養。

【耍孩兒】當初那巫山遠隔如天樣，聽説罷又在巫山那廂。業身軀雖是立在迴廊，魂靈兒已在他行。本待要安排心事傳幽客，我只怕漏洩春光與乃堂。夫人怕女孩兒春心蕩，怪黃鶯兒作對，怨粉蝶兒成雙。

【五煞】小姐年紀小，性氣剛。張郎倘得相親傍，乍相逢厭見何郎粉，看邂逅偷將韓壽香。纔到是未得風流況，成就了會温存的嬌婿，怕甚麼能拘束的親娘。

【四煞】夫人忒慮過，小生空妄想，郎才女貌合相仿。休直待眉兒淺淡思張敞，春色飄零憶阮郎。非是咱自誇獎，他有德言工貌，小生有恭儉温良。

【三煞】想著他眉兒淺淺描，臉兒淡淡妝，粉香膩玉搓咽項。翠裙鴛綉金蓮小，紅袖鸞銷玉筍長。不想呵其實强，你撇下半天風韻，我拾得萬種思量。

却忘了辭長老。（見潔科）小生敢問長老，房舍何如？（潔云）塔院側邊西廂一間房，甚是瀟灑，正可先生安下。現收拾下了，隨先生早晚來。（末云）小生便回店中搬去。（潔云）喫齋了去。（末云）老僧收拾下齋，小生取行李便來。（潔云）既然如此，老僧准備下齋，先生是必便來。（下）（末云）若在店中人鬧，到好消遣；搬在寺中静處，怎麼捱這凄凉也呵。

【二煞】院宇深，枕簟涼，一燈孤影搖書幌。縱然酬得今生志，著甚支吾此夜長！睡不著如翻掌，少可有一萬聲長吁短嘆，五千遍搗枕捶床。

【尾】嬌羞花解語，温柔玉有香。我知他乍相逢記不真嬌模樣，我則索手抵著牙兒慢慢的想。（下）

○第三折

（正旦上云）老夫人著紅娘問長老去了，這小賤人不來我行回話。（紅上云）回夫人話了，去回小姐話去。（旦云）使你問長老：幾時做好事？（紅云）恰回夫人話也，正待回姐姐話：二月十五日請夫人、姐姐拈香。（紅笑云）姐姐，你不知，我對你說一件好笑的的勾當。咱前日寺裏見的那秀才，今日也在方丈裏。他先出門兒外，等著紅娘，深深唱個喏道：『小生姓張，名珙，字君瑞，本貫西洛人也，年二十三歲，正月十七日子時建生，并不曾娶妻。』姐姐，却是誰問他來？他又問：『那壁小娘子，莫非鶯鶯小姐的侍妾乎？小姐常出來麼？』被紅娘搶白了一頓呵回來了。姐姐，我不知他想甚麽哩，世上有這等傻角！（旦笑云）紅娘，休對夫人說。天色晚也，安排香案，咱花園內燒香去來。（下）（末上云）搬至寺中，正近西廂居址。我問和尚每來，小姐每夜花園內燒香。這個花園，

和俺寺中合著。比及小姐出來，我先在太湖石畔墻角兒邊等待，飽看一會。兩廊僧衆都睡著了。夜深人靜，月朗風清，是好天氣也呵！正是：閑尋方丈高僧語，悶對西廂皓月吟。

【越調】【鬥鵪鶉】玉宇無塵，銀河瀉影，月色橫空，花陰滿庭。羅袂生寒，芳心自警。側著耳朵兒聽，躡著脚步兒行：悄悄冥冥，潛潛等等。

【紫花兒序】等待那齊齊整整，裊裊婷婷，姐姐鶯鶯。一更之後，萬籟無聲，直至鶯庭。若是迴廊下没揣的見俺可憎，將他來緊緊的摟定，則問你那會少離多，有影無形。

（旦引紅娘上云）開了角門兒，將香桌出來者。（末唱）

【金蕉葉】猛聽得角門兒呀的一聲，風過處花香細生。踮著脚尖兒仔細定睛：比我那初見時龐兒越整。

（旦云）紅娘，移香桌兒，近太湖石畔放者！（末做看科云）料想春嬌厭

拘束，等閑飛出廣寒宮。看他容分一捻，體露半襟，軃香袖以無言，垂羅裙而不語。似湘陵妃子，斜倚舜廟朱扉；如玉殿嫦娥，微現蟾宮素影。是好女子也呵！

【調笑令】我這裏甫能、見娉婷，比著那月殿嫦娥也不恁般撐。遮遮掩掩穿芳徑，料應來小脚兒難行。可喜娘的臉兒百媚生，兀的不引了人魂靈！

（旦云）取香來！（末云）聽小姐祝告甚麼？（旦云）此一炷香，願化去先人，早生天界！此一炷香，願堂中老母，身安無事！此一炷香……（做不語科）（紅云）姐姐不祝這一炷香，我替姐姐祝告：願俺姐姐早尋一個姐夫，拖帶紅娘咱！（旦再拜云）心中無限傷心事，盡在深深兩拜中。（長吁科）（末云）小姐倚欄長嘆，似有動情之意。

【小桃紅】夜深香靄散空庭，簾幕東風靜。拜罷也斜將曲欄凭，長吁了兩三聲。剔團圞明月如懸鏡。又不見輕雲薄霧，都則是香烟人氣，兩般兒氤氳得不分明。

我雖不及司馬相如，我則看小姐頗有文君之意。我且高吟一絶，看他則甚：『月色溶溶夜，花陰寂寂春；如何臨皓魄，不見月中人？』（旦云）有人墻角吟詩。（紅云）這聲音，便是那二十三歲不曾娶妻的那傻角。（旦云）好清新之詩，我依韵做一首。（紅云）你兩個是好做一首。（旦念詩云）『蘭閨久寂寞，無事度芳春；料得行吟者，應憐長嘆人。』（末云）好應酬得快也呵！

【禿厮兒】早是那臉兒上撲堆著可憎，那堪那心兒裏埋没著聰明。他把那新詩和得忒應聲，一字字訴衷情，堪聽。

【聖藥王】那語句清，音律輕，小名兒不枉了喚做鶯鶯。他若是共小生、厮覷定，隔墻兒酬和到天明。方信道『惺惺的自古惜惺惺』。

我撞出去，看他說甚麼。

【麻郎兒】我拽起羅衫欲行，（旦做見科）他陪著笑臉兒相迎。不做美的紅娘忒淺情，便做道謹依來命。

（紅云）姐姐，有人！咱家去來，怕夫人嗔著。（鶯回顧下）（末唱）

【幺篇】我忽聽、一聲、猛驚，元來是撲剌剌宿鳥飛騰，顫巍巍花梢弄影，亂紛紛落紅滿徑。

小姐，你去了呵，那裏發付小生！

【絡絲娘】空撇下碧澄澄蒼苔露冷，明皎皎花篩月影。白日淒涼枉耽病，今夜把相思再整。

【東原樂】簾垂下，户已扃。却纔個悄悄相問，他那裏低低應。月朗風清恰二更，厮徯幸：他無緣，小生薄命。

【綿搭絮】恰尋歸路，佇立空庭，竹梢風擺，斗柄雲横。呀！今夜淒涼有四星，他不瞅人待怎生！雖然是眼角兒傳情，咱兩個口不言心自省。

今夜甚睡到得我眼裏呵！

【拙魯速】對著盞碧熒熒短檠燈，倚著扇冷清清舊幃屏。燈兒又不明，夢兒又不成；窗兒外淅零零的風兒透疏櫺，忒楞楞的紙條兒鳴；枕頭兒上孤另，被窩兒裏寂靜。你便是鐵石人，鐵石人也動情。

【幺篇】怨不能，恨不成，坐不安，睡不寧。有一日柳遮花映，霧帳雲屏，夜闌人靜，海誓山盟——恁時節風流嘉慶，錦片也似前程，美滿恩情，咱兩個畫堂春自生。

【尾】一天好事從今定，一首詩分明照證；再不向青瑣闥夢兒中尋，則去那碧桃花樹兒下等。（下）

○第四折

（潔引聰上云）今日二月十五日開啓，衆僧動法器者。請夫人小姐拈香。比及夫人未來，先請張生拈香。怕夫人問呵，則説是貧僧親者。（末上云）今日二月十五日，和尚請拈香，須索走一遭。

【雙調】【新水令】梵王宫殿月輪高，碧琉璃瑞烟籠罩。香烟雲蓋結，諷呪海波潮。旛影飄飖，諸檀越盡來到。

【駐馬聽】法鼓金鐸，二月春雷響殿角；鐘聲佛號，半天風雨灑松梢。侯門不許老僧敲，紗窗外定有紅娘報。害相思的饞眼腦，見他時須看個十分飽。

（末見潔科）（潔云）先生先拈香，恐夫人問呵，則説是老僧的親。（末拈香科）

【沈醉東風】惟願存在的人間壽高，亡化的天上逍遥。爲曾、祖、父先靈，禮佛、法、僧三寶。焚名香暗中禱告：則願得紅娘休劣，夫人休焦，犬兒休惡！佛囉，早成就了幽期密約。

（夫人引旦上云）長老請拈香，小姐，咱走一遭。（末做見科）（覷聰云）爲你志誠呵，神仙下降也。（聰云）這生却早兩遭兒也。（末唱）

【雁兒落】我則道這玉天仙離了碧霄，元來是可意種來清醮。小子多愁多病身，怎當他傾國傾城貌。

【得勝令】恰便似檀口點櫻桃，粉鼻兒倚瓊瑶，淡白梨花面，輕盈楊柳腰。妖嬈，滿面兒撲堆著俏；苗條，一團兒衠是嬌。

（潔云）貧僧一句話，夫人行敢道麽？老僧有個敝親，是個飽學的秀才，父母亡後，無可相報。對我説：『央及帶一分齋，追薦父母。』貧僧一時應允了，恐夫人見責。（夫人云）長老的親便是我的親，請來廝見咱。

（末拜夫人科）（衆僧見旦發科）（末唱）

【喬牌兒】大師年紀老，法座上也凝眺，舉名的班首真呆傍，覷著法聰頭做金磬敲。

【甜水令】老的小的，村的俏的，没顛没倒，勝似鬧元宵。稔色人兒，可意冤家，怕人知道，看時節淚眼偷瞧。

【折桂令】着小生迷留没亂心癢難撓。哭聲兒似鶯囀喬林，淚珠兒似露滴花梢。大師也難學，把一個發慈悲的臉兒來朦著。擊磬的頭陀懊惱，添香的行者心焦。燭影風摇，香靄雲飄；貪看鶯鶯，燭滅香消。

（潔云）風滅燈也。（末云）小生點燈燒香。（旦與紅云）那生忙了一夜。

【錦上花】外像兒風流，青春年少；内性兒聰明，冠世才學，扭捏著身子兒百般做作，來往向人前賣弄俊俏。

（紅云）我猜那生——

【幺篇】黄昏這一回，白日那一覺，窗兒外那會鑊鐸。到晚來向書幃裏，比及睡著，千萬聲長吁怎捱到曉。

（末云）那小姐好生顧盼小子。

【碧玉簫】情引眉梢，心緒你知道；愁種心苗，情思我猜著。暢懊惱，響鐺鐺雲板敲。行者又嚎，沙彌又哨。恁須不奪人之好。

（潔與衆僧發科）（動法器了）（潔摇鈴跪宣疏了，燒紙科）（潔云）天明了也，請夫人小姐回宅。（末云）再做一會也好，那裏發付小生也呵！

【鴛鴦煞】有心争似無心好，多情却被無情惱。勞攘了一宵，月兒沈，鐘兒響，鷄兒叫。唱道是玉人歸去得疾，好事收拾得早，道場畢諸人散了。酩子裏各歸家，葫蘆提鬧到曉。（并下）

【絡絲娘煞尾】則爲你閉月羞花相貌，少不得翦草除根大小。

題目　老夫人閑春院　崔鶯鶯燒夜香

正名　小紅娘傳好事　張君瑞鬧道場

西廂記五劇第一本終

第二本　崔鶯鶯夜聽琴雜劇

○第一折

（净扮孫飛虎上開）自家姓孫，名彪，字飛虎。方今上德宗即位，天下擾攘。因主將丁文雅失政，俺分統五千人馬，鎮守河橋。近知先相國崔珏之女鶯鶯，眉黛青顰，蓮臉生春，有傾國傾城之容，西子太真之顔，見在河中府普救寺借居。我心中想來：當今用武之際，主將尚然不正，我獨廉何爲？大小三軍，聽吾號令：人盡銜枚，馬皆勒口，連夜進兵河中府！擄鶯鶯爲妻，是我平生願足！（法本慌上）誰想孫飛虎將半萬賊兵圍住寺門，鳴鑼擊鼓，吶喊摇旗，欲擄鶯鶯小姐爲妻。我今不敢違誤，即索報知夫人走一遭（下）（夫人慌上云）如此却怎了！俺同到小姐卧房裏商量去。（下）（旦引紅娘上云）自見了張生，神魂蕩漾，情思不快，茶飯少進。早是離人傷感，况值暮春天道，好煩惱人也呵！好句有情憐夜月，落花無語怨東風。

【仙吕】【八聲甘州】懨懨瘦損，早是傷神，那值殘春。羅衣寬褪，能消幾度黄昏？風裊篆烟不捲簾，雨打梨花深閉門；無語凭闌干，目斷行雲。

【混江龍】落紅成陣，風飄萬點正愁人；池塘夢曉，闌檻辭春。蝶粉輕沾飛絮雪，燕泥香惹落花塵。繫春心情短柳絲長，隔花陰人遠天涯近。香消了六朝金粉，清減了三楚精神。

（紅云）姐姐情思不快，我將被兒薰得香香的，睡些兒。（旦唱）

【油葫蘆】翠被生寒壓綉裀，休將蘭麝薰；便將蘭麝薰盡，則索自温存。昨宵個錦囊佳製明勾引，今日個玉堂人物難親近。這些時坐又不安，睡又不穩，我欲待登臨又不快，閑行又悶。每日價情思睡昏昏。

【天下樂】紅娘呵，我則索搭伏定鮫綃枕頭兒上盹。但出閨門，影兒般不離身。

(紅云)不干紅娘事，老夫人著我跟著姐姐來。(旦云)俺娘也好没意思！

這些時直恁般堤防著人；小梅香伏侍的勤，老夫人拘束的緊，則怕俺女孩兒折了氣分。

(紅云)姐姐往常不曾如此無情無緒；自曾見了那生，便覺心事不寧，却是如何？(旦唱)

【那吒令】往常但見個外人，氲的早嗔；但見個客人，厭的倒褪；從見了那人，兜的便親。想著他昨夜詩，依前韵，酬和得清新。

【鵲踏枝】吟得句兒勻，念得字兒真，咏月新詩，煞强似織錦迴文。誰肯把針兒將綫引，向東鄰通個殷勤。

【寄生草】想著文章士，旖旎人；他臉兒清秀身兒俊，性兒温克情兒順，不由人口兒裏作念心兒裏印。學得來『一天星斗焕文章』，不枉了『十年窗下無人問』。

(飛虎領兵上圍寺科)(下)(卒子内高叫云)寺裏人聽者：限你們三日内，將鶯鶯獻出來，與俺將軍成親，萬事干休。三日之後不送出，伽藍盡皆焚燒，僧俗寸斬，不留一個。(夫人、潔同上，敲門了，紅看了云)姐姐，夫人和長老都在房門前。(旦見了科)(夫人云)孩兒，你知道麽？如今孫飛虎將半萬賊兵圍住寺門，道你『眉黛青顰，蓮臉生春，似傾國傾城的太真』，要擄你做壓寨夫人。孩兒，怎生是了也？(旦唱)

【六幺序】聽説罷魂離了殼，見放著禍滅身，將袖梢兒揾不住啼痕。好教我去住無因，進退無門，可著俺那埚兒裏人急偎親？孤孀子母無投奔，赤緊的先亡過了有福之人。耳邊廂金鼓連天震，征雲冉冉，土雨紛紛。

【幺篇】那廝每風聞，胡云。道我『眉黛青顰，蓮臉生春，恰便似傾國傾城的太真』；兀的不送了他三百僧人？半萬賊軍，半霎兒敢剪草除根？這廝每於家爲國無忠信，恣情的擄掠人民。更將那天宮般蓋造焚燒盡，則没那諸葛孔明，便待要博望燒屯。

（夫人云）老身年六十歲，不爲壽夭；奈孩兒年少，未得從夫，却如之奈何？（旦云）孩兒有一計：想來則是我與賊漢爲妻，庶可免一家兒性命。（夫人哭云）俺家無犯法之男，再婚之女，怎捨得你獻與賊漢，却不辱没了俺家譜！（潔云）俺同到法堂上兩廊下，問僧俗有高見者，俺一同商議個長便。（同到法堂科）（夫人云）小姐，却是怎生？（旦云）不如將我與賊人，其便有五。

【後庭花】第一來免摧殘老太君；第二來免堂殿作灰燼；第三來諸僧無事得安存；第四來先君靈柩穩；第五來歡郎雖是未成人，

（歡云）俺呵，打甚麽不緊。（旦唱）

須是崔家後代孫。鶯鶯爲惜己身，不行從著亂軍，著僧衆污血痕，將伽藍火内焚，先靈爲細塵，斷絶了愛弟親，割開了慈母恩。

【柳葉兒】呀，將俺一家兒不留一個齠齔，待從軍又怕辱没了家門。我不如白練套頭兒尋個自盡，將我屍櫬，獻與賊人，也須得個遠害全身。

【青哥兒】母親，都做了鶯鶯生忿，對傍人一言難盡。母親，休愛惜鶯鶯這一身。

恁孩兒别有一計：

不揀何人，建立功勛，殺退賊軍，掃蕩妖氛，倒陪家門，情願與英雄結婚姻，成秦晋。

（夫人云）此計較可。雖然不是門當户對，也强如陷於賊中。長老，在法堂上高叫：『兩廊僧俗，但有退兵之策的，倒陪房奩，斷送鶯鶯與他爲妻。』（潔叫了，住）（末鼓掌上云）我有退兵之策，何不問我？（見夫人）（潔云）這秀才便是前日帶追薦的秀才。（夫人云）計將安在？（末云）『重賞之下，必有勇夫；賞罰若明，其計必成。』（旦背云）只願這生退了賊者。（夫人云）恰纔與長老說下，但有退得賊兵的，將小姐與他爲妻。（末云）既是恁的，休唬了我渾家，請入卧房裏去，俺自有退兵之策。（夫人云）小姐和紅娘回去者！（旦對紅云）難得此生這一片好心！

【賺煞】諸僧衆各逃生，衆家眷誰偢問，這生不相識横枝兒著緊。非是書生多議論，也堤防著玉石俱焚。雖然是不關親，可憐見命在逡巡，濟不濟權將秀才來儘。果若有出師表文，嚇蠻書信，張生呵，則願你筆尖兒横掃了五千人。（下）

○楔子

（夫人云）此事如何？（末云）小生有一計，先用著長老。（潔云）老僧不會厮殺，請秀才別換一個。（末云）休慌，不要你厮殺。你出去與賊漢說：『夫人本待便將小姐出來，送與將軍，奈有父喪在身。不爭鳴鑼擊鼓，驚死小姐，也可惜了。將軍若要做女婿呵，可按甲束兵，退一射之地。限三日功德圓滿，脱了孝服，换上顏色衣服，倒陪房奩，定將小姐送與將軍。不爭便送來，一來父服在身，二來於軍不利。』你去說來。（潔云）三日後如何？（末云）有計在後。（潔朝鬼門道叫科）請將軍打話。（飛虎引卒上云）快送出鶯鶯來。（潔云）將軍息怒！夫人使老僧來與將軍說。（說如前了）（飛虎云）既然如此，限你三日後。若不送來，我著你人人皆死，個個不存。你對夫人說去：恁的這般好性兒的女婿，教他招了者。（引卒下）（潔云）賊兵退了也，三日後不送出去，便都是死的，（末云）小子有一故人，姓杜，名確，號爲白馬將軍，見統十萬大兵，鎮守著蒲關。一封書去，此人必來救我。此間離蒲關四十五里，寫了書呵，怎得人送去？（潔云）若是白馬將軍肯來，何慮孫飛虎。俺這裏有一個徒弟，喚作惠明，則是要喫酒厮打。若使央他去，定不肯去；須將言語激著他，他便去。（末喚云）有書寄與杜將軍，誰敢去？誰敢去？（惠明上唱）

【正宫】【端正好】不念《法華經》，不禮《梁皇懺》，颩了僧伽帽，袒下我這偏衫。殺人心逗起英雄膽，兩隻手將烏龍尾鋼椽揝。

【滚綉球】非是我貪，不是我敢，知他怎生喚做打參，大踏步直殺出虎窟龍潭。非是我攙，不是我攬，這些時喫菜饅頭委實口淡，五千人也不索炙煿煎爁。腔子裏熱血權消渴，肺腑内生心且解饞，有甚腌臢！

【叨叨令】浮沙羹、寬片粉添些雜糁，酸黄齏、爛豆腐休調啖，萬餘斤黑麵從教暗，我將這五千人做一頓饅頭餡。是必休誤了也麼哥！休誤了也麼哥！包殘餘肉把青鹽蘸。

（潔云）張秀才著你寄書去蒲關，你敢去麼？（惠唱）

【倘秀才】你那裏問小僧敢去也那不敢，我這裏啓大師用咱也不用咱。你道是飛虎將聲名播斗南；那厮能淫欲，會貪婪，誠何以堪！

（末云）你是出家人，却怎不看經禮懺，則厮打爲何？（惠唱）

【滚綉球】我經文也不會談，逃禪也懶去參；戒刀頭近新來鋼蘸，鐵棒上無半星兒土漬塵緘。别的都僧不僧、俗不俗，女不女、男不男，則會齋的飽也則向那僧房中胡渰，那裏怕焚燒了兜率伽藍。則爲那善文能武人千里，憑著這濟困扶危書一緘，有勇無慚。

（末云）他倘不放你過去，如何？（惠云）他不放我呵，你放心！

【白鶴子】著幾個小沙彌把幢幡寶蓋擎，壯行者將捍棒钁叉擔，你排陣脚將衆僧安，我撞釘子把賊兵來探。

【二】遠的破開步將鐵棒颩，近的順著手把戒刀釤；有小的提起來將脚尖踢，有大的扳下來把髑髏勘。

【二】瞅一瞅古都都翻了海波，滉一滉厮琅琅震動山岩；脚踏得赤力力地軸搖，手扳得忽剌剌天關撼。

【耍孩兒】我從來駁駁劣劣，世不曾忑忑忐忐，打熬成不厭天生敢。我從來斬釘截鐵常居一，不似恁惹草拈花没掂三。劣性子人皆慘，捨著命提刀仗劍，更怕甚勒馬停驂。

【二】我從來欺硬怕軟，喫苦不甘，你休只因親事胡撲掩。若是杜將軍不把干戈退，張解元干將風月擔，我將不志誠的言詞賺。倘或紕繆，倒大羞慚。

(惠云)將書來，你等回音者。

【收尾】恁與我助威風擂幾聲鼓，仗佛力吶一聲喊。綉旗下遥見英雄俺，我教那半萬賊兵唬破膽。(下)

(末云)老夫人、長老都放心，此書到日，必有佳音。咱『眼觀旌節旗，耳聽好消息』。你看『一封書札逡巡至，半萬雄兵咫尺來。』(并下)(杜將軍引卒子上開)林下曬衣嫌日淡，池中濯足恨魚腥；花根本艷公卿子，虎體原斑將相孫。自家姓杜，名確，字君實，本貫西洛人也。自幼與君瑞同學儒業，後弃文就武。當年武舉及第，官拜征西大將軍，正授管軍元帥，統領十萬之衆，鎮守著蒲關。有人自河中來，聽知君瑞兄弟在普救寺中，不來望我；著人去請，亦不肯來，不知主甚意。今聞丁文雅失政，不守國法，剽掠黎民。我爲不知虚實，未敢造次興師。孫子曰：『凡用兵之法，將受命於君，合軍聚衆，圮地無舍，衢地交合，絶地無留；圍地則謀，死地則戰；途有所不由，軍有所不擊，城有所不攻，地有所不争，君命有所不受。故將通於九變之利者，知用兵矣。治兵不知九變之術，雖知五利，不能得人用矣。』吾之未疾進兵征討者，爲不知地利淺深出沒之故也。昨日探聽去，不見回報。今日升帳，看有甚軍情，來報我知道者！（卒子引惠明和尚上開）（惠明云）我離了普救寺，一日至蒲關，見杜將軍走一遭。（卒報科）（將軍云）著他過來！（惠打問訊了云）貧僧是普救寺來的，今有孫飛虎作亂，將半萬賊兵，圍往寺門，欲劫故臣崔相國女爲妻。有游客張君瑞奉書，令小僧拜投於麾下，欲求將軍以解倒懸之危。（將軍云）將書過來！（惠投書了）（將軍拆書念曰）『珙頓首再拜大元帥將軍契兄纛下：伏自洛中，拜違犀表，寒暄屢隔，積有歲月，仰德之私，銘刻如也。憶昔聯床風雨，嘆今彼各天涯；客況復生於肺腑，離愁無慰於羈懷。念貧處十年藜藿，走困他鄉；羡威統百萬貔貅，坐安邊境。故知虎體食天祿，瞻天表，大德勝常；使賤子慕台顔，仰台翰，寸心爲慰。輒稟：小弟辭家，欲詣帳下，以叙數載間闊之情；奈至河中府普救寺，忽值采薪之憂，不及徑造。不期有賊將孫飛虎，領兵半萬，欲劫故臣崔相國之女，實爲迫切狼狽。小弟之命，亦在逡巡。萬一朝廷知道，其罪何歸？將軍倘不弃舊交之情，興一旅之師，上以報天子之恩，下以救蒼生之急；使故相國雖在九泉，亦不泯將軍之德。願將軍虎視去書，使小弟鵠觀來旌。造次干瀆，不勝慚愧！伏乞台照不宣！張珙再拜，二月十六日書。』（將軍云）既然如此，和尚你行，我便來。（惠明云）將軍是必疾來者。（將軍云）雖無聖旨發兵，將在軍，君命有所不受。大小三軍，聽吾將令：速點五千人馬，人盡銜枚，馬皆勒口。星夜起發，直至河中府普救寺救張生走一遭。（飛虎引卒子上開）（將軍引卒子騎竹馬調陣，拿綁下）（夫人、潔同末上云）下書已兩日，不見回音。（末云）山門外吶喊摇旗，莫不是俺哥哥至了。（末見將軍了）（引夫人拜了）（將軍云）杜確有失防禦，致令老夫人受驚，切勿見罪是幸！（末拜將軍了）自别兄長台顔，一向有失聽教；今得一見，如撥雲睹日。（夫人云）老身子母，如將軍所賜之命，將何補報？（將軍云）不敢，此乃職分之所當爲。敢問賢弟：因甚不至戎帳？（末云）小弟欲來，奈小疾偶作，不能動止，所以失敬。今見夫人受困，所言退得賊兵者，以小姐妻之，因此愚弟作書請吾兄。（將軍云）既然有此姻緣，可賀，可賀！（夫人云）安排茶飯者！（將軍云）不索，尚有餘黨未盡，小官去捕了，却來望賢弟。左右那裏，去斬孫飛虎去！（拿賊了）本欲斬首示衆，具表奏聞，見丁文雅失守之罪；恐有未叛者，今將爲首各杖一百，餘者盡歸舊營去者！（孫飛虎謝了下）（將軍云）張生建退賊之策，夫人面許結親；若不違前言，淑女可配君子也。（夫人云）恐小女有辱君子。（末云）請將軍筵席者！（將軍云）我不喫筵席了，我回營去，异日却來慶賀。（末云）不敢久留兄長，有勞台候。（將軍望蒲關起發）（衆念云）馬離普救敲金鐙，人望蒲關唱凱歌。（下）（夫人云）先生大恩，不敢忘也。自今先生休在寺裏下，則著僕人寺内養馬，足下來家内書院裏安歇。我已收拾了，便搬來者。到明日略備草酌，著紅娘來請你，是必來一會，别有商議。（下）（末云）這事都在長老身上。（問潔云）小子親事，未如何知？（潔云）鶯鶯親事，擬定妻君。只因兵火至，引起雨雲心。（下）（末云）小子收拾行李，去花園裏去也。（下）

○第二折

（夫人上云）今日安排下小酌，單請張生酬勞。道與紅娘，疾忙去書院中請張生，著他是必便來，休推故。（下）（末上云）夜來老夫人説，著紅娘來請我，却怎生不見來？我打扮著等他。皂角也使過兩個也，水也換了兩桶也，烏紗帽擦得光挣挣的。怎麽不見紅娘來也呵？（紅娘上云）老夫人使我請張生，我想若非張生妙計呵，俺一家兒性命難保也呵。

【中吕】【粉蝶兒】半萬賊兵，捲浮雲片時掃净，俺一家兒死裏逃生。舒心的列山靈，陳水陸，張君瑞合當欽敬。當日所望無成，誰想一緘書倒爲了媒證。

【醉春風】今日個東閣玳筵開，煞强如西廂和月等。薄衾單枕有人温，早則不冷、冷。受用足寶鼎香濃，綉簾風細，緑窗人静。

可早來到也。

【脱布衫】幽僻處可有人行，點蒼苔白露泠泠。隔窗兒咳嗽了一聲。

（紅敲門科）（末云）是誰來也？（紅云）是我。

他啓朱唇急來答應。

（末云）拜揖小娘子。（紅唱）

【小梁州】則見他叉手忙將禮數迎，我這裏『萬福，先生』。烏紗小帽耀人明，白襴净，角帶傲黄鞓。

【幺篇】衣冠濟楚龐兒俊，可知道引動俺鶯鶯。據相貌，憑才性，我從來心硬，一見了也留情。

（末云）既來之，則安之。請書房内説話。小娘子此行爲何？（紅云）賤妾奉夫人嚴命，特請先生小酌數杯，勿却。（末云）便去，便去。敢問席上有鶯鶯姐姐麽？（紅唱）

【上小樓】『請』字兒不曾出聲，『去』字兒連忙答應；可早鶯鶯根前，『姐姐』呼之，喏喏連聲。秀才每聞道『請』，恰便似聽將軍嚴令，和他那五臟神願隨鞭鐙。

（末云）今日夫人端的爲甚麽筵席？（紅唱）

【幺篇】第一來爲壓驚，第二來因謝承。不請街坊，不會親鄰，不受人情。避衆僧，請老兄，和鶯鶯匹聘。

（末云）如此小生歡喜。

則見他歡天喜地，謹依來命。

（末云）小生客中無鏡，敢煩小娘子看小生一看何如？（紅唱）

【滿庭芳】來回顧影，文魔秀士，風欠酸丁。下工夫將額顱十分掙，遲和疾擦倒蒼蠅，光油油耀花人眼睛，酸溜溜螫得人牙疼。

（末云）夫人辦甚麽請我？（紅唱）

茶飯已安排定，淘下陳倉米數升，煠下七八碗軟蔓青。

（末云）小生想來：自寺中一見了小姐之後，不想今日得成婚姻，豈不爲前生分定？（紅云）姻緣非人力所爲，天意爾。

【快活三】咱人一事精，百事精；一無成，百無成。世間草木本無情，

自古云：『地生連理木，水出并頭蓮。』

他猶有相兼併。

【朝天子】休道這生，年紀兒後生，恰學害相思病。天生聰俊，打扮素净，奈夜夜成孤另。才子多情，佳人薄倖，兀的不擔閣了人性命。

（末云）你姐姐果有信行？（紅唱）

誰無一個信行，誰無一個志誠，恁兩個今夜親折證。

我囑咐你咱：

【四邊静】今宵歡慶，軟弱鶯鶯，可曾慣經。你索款款輕輕，燈下交鴛頸。端詳可憎，好煞人也無乾净！

（末云）小娘子先行，小生收拾書房便來。敢問那裏有甚麽景致？（紅唱）

【耍孩兒】俺那裏有落紅滿地胭脂冷，休辜負了良辰美景。夫人遣妾莫消停，請先生勿得推稱。俺那裏准備著鴛鴦夜月銷金帳，孔雀春風軟玉屏。樂奏合歡令，有鳳簫象板，錦瑟鸞笙。

（末云）小生書劍飄零，無以爲財禮，却是怎生？（紅唱）

【四煞】聘財斷不爭，婚姻自有成，新婚燕爾安排定。你明博得跨鳳乘鸞客，我到晚來卧看牽牛織女星。休傒倖，不要你半絲兒紅綫，成就了一世兒前程。

【三煞】憑著你滅寇功，舉將能，兩般兒功效如紅定。爲甚俺鶯娘心下十分順，都則爲君瑞胸中百萬兵。越顯得文風盛，受用足珠圍翠繞，結果了黄卷青燈。

【二煞】夫人只一家，老兄無伴等，爲嫌繁冗尋幽靜。

（末云）别有甚客人？（紅唱）

單請你個有恩有義閑中客，且迴避了無是無非窗下僧。夫人的命，道足下莫教推托，和賤妾即便隨行。

（末云）小娘子先行，小生隨後便來。（紅唱）

【收尾】先生休作謙，夫人專意等。常言道『恭敬不如從命』，休使得梅香再來請。（下）

（末云）紅娘去了，小生拽上書房門者。我比及到得夫人那裏，夫人道：『張生，你來了也，飲幾杯酒，去卧房内和鶯鶯做親去！』小生到得卧房内，和姐姐解帶脱衣，顛鸞倒鳳，同諧魚水之歡，共效于飛之願。覷他雲鬟低墜，星眼微朦，被翻翡翠，襪綉鴛鴦；不知性命何如？且看下回分解。（笑云）單美法本好和尚也：只憑説法口，遂却讀書心。（下）

○第三折

（夫人排桌子上云）紅娘去請張生，如何不見來？（紅見夫人云）張生著紅娘先行，隨後便來也。（末上見夫人施禮科）（夫人云）前日若非先生，焉得有今日。我一家之命，皆先生所活也。聊備小酌，非爲報禮，勿嫌輕意。（末云）『一人有慶，兆民賴之。』此賊之敗，皆夫人之福。萬一杜將軍不至，我輩皆無免死之術。此皆往事，不必挂齒。（夫人云）將酒來，先生滿飲此杯。（末云）『長者賜，少者不敢辭。』（末做飲酒科）（末把夫人酒了）（夫人云）先生請坐！（末云）小子侍立座下，尚然越禮，焉敢與夫人對坐？（夫人云）道不得個『恭敬不如從命』。（末謝了，坐）（夫人云）紅娘，去喚小姐來，與先生行禮者！（紅朝鬼門道喚云）老夫人後堂待客，請小姐出來哩！（旦應云）我身子有些不停當，來不得。（紅云）你道請誰哩？（旦云）請誰？（紅云）請張生哩。（旦云）若請張生，扶病也索走一遭。（紅發科了）（旦上）免除崔氏全家禍，盡在張生半紙書。

【雙調】【五供養】若不是張解元識人多，別一個怎退干戈。排著酒果，列著笙歌。篆烟微，花香細，散滿東風簾幕。救了咱全家禍，殷勤呵正禮，欽敬呵當合。

【新水令】恰纔向碧紗窗下畫了雙蛾，拂拭了羅衣上粉香浮涴，則將指尖兒輕輕的貼了鈿窩。若不是驚覺人呵，猶壓著綉衾卧。

（紅云）覷俺姐姐這個臉兒，吹彈得破，張生有福也呵！（旦唱）

【幺篇】没查没利謊僂科，你道我宜梳妝的臉兒吹彈得破。

（紅云）俺姐姐天生的一個夫人的樣兒。（旦唱）

你那裏休聒，不當信口開合。知他命福是如何？我做一個夫人也做得過。

（紅云）往常兩個都害，今日早則喜也！（旦唱）

【喬木查】我相思爲他，他相思爲我，從今後兩下裏相思都較可。酬賀間禮當酬賀，俺母親也好心多。

（紅云）敢著小姐和張生結親呵，怎生不做大筵席，會親戚朋友，安排小酌爲何？（旦云）紅娘，你不知夫人意。

【攪箏琶】他怕我是賠錢貨，兩當一便成合。據著他舉將除賊，也消得家緣過活。費了甚一股那，便待要結絲蘿；休波，省人情的奶奶忒慮過，恐怕張羅。

（末云）小子更衣咱。（做撞見旦科）（旦唱）

【慶宣和】門兒外，簾兒前，將小脚兒那。我恰待目轉秋波，誰想那識空便的靈心兒早瞧破。唬得我倒趓，倒趓。

（末見旦科）（夫人云）小姐近前拜了哥哥者！（末背云）呀，聲息不好了也！（旦云）呀，俺娘變了卦也！（紅云）這相思又索害也。（旦唱）

【雁兒落】荆棘刺怎動那，死没騰無回豁，措支刺不對答，軟兀刺難存坐！

【得勝令】誰承望這即即世世老婆婆，著鶯鶯做妹妹拜哥哥。白茫茫溢起藍橋水，不鄧鄧點著祆廟火。碧澄澄清波，撲刺刺將比目魚分破。急攘攘因何，扢搭地把雙眉鎖納合。

（夫人云）紅娘看熱酒，小姐與哥哥把盞者！（旦唱）

【甜水令】我這裏粉頸低垂，蛾眉頻蹙，芳心無那，俺可甚『相見話偏多』？星眼朦朧，檀口嗟咨，攧窨不過，這席面兒暢好是烏合。

（旦把酒科）（夫人央科）（末云）小生量窄。（旦云）紅娘接了臺盞者！

【折桂令】他其實咽不下玉液金波。誰承望月底西厢，變做了夢裏南柯。淚眼偷淹，酩子裏揾濕香羅。他那裏眼倦開軟癱做一垜；我這裏手難抬稱不起肩窩。病染沈疴，斷然難活。則被你送了人呵，當甚麼嘍囉。

（夫人云）再把一盞者！（紅遞盞了）（紅背與旦云）姐姐，這煩惱怎生是了！（旦唱）

【月上海棠】而今煩惱猶閑可，久後思量怎奈何？有意訴衷腸，争奈母親側坐，成抛趓，咫尺間如間闊。

【幺篇】一杯悶酒尊前過，低首無言自摧挫。不甚醉顔酡，却早嫌玻璃盞大。從因我，酒上心來覺可。

（夫人云）紅娘，送小姐卧房裏去者！（旦辭末出科）（旦云）俺娘好口不應心也呵！

【喬牌兒】老夫人轉關兒没定奪，啞謎兒怎猜破；黑閣落甜話兒將人和，請將來著人不快活。

【江兒水】佳人自來多命薄，秀才每從來懦。悶殺没頭鵝，撇下陪錢貨，下場頭那答兒發付我！

【殿前歡】恰纔個笑呵呵，都做了江州司馬淚痕多。若不是一封書將半萬賊兵破，俺一家兒怎得存活。他不想結姻緣想甚麽？到如今難著莫。老夫人謊到天來大；當日成也是恁個母親，今日敗也是恁個蕭何。

【離亭宴帶歇拍煞】從今後玉容寂寞梨花朵，胭脂淺淡櫻桃顆，這相思何時是可？昏鄧鄧黑海來深，白茫茫陸地來厚，碧悠悠青天來闊；太行山般高仰望，東洋海般深思渴。毒害的恁麽。俺娘呵，將顫巍巍雙頭花蕊搓，香馥馥同心縷帶割，長攙攙連理瓊枝挫。白頭娘不負荷，青春女成擔閣，將俺那錦片也似前程蹬脱。俺娘把甜句兒落空了他，虚名兒誤賺了我。（下）

（末云）小生醉也，告退。夫人根前，欲一言以盡意，未知可否？前者，賊寇相迫，夫人所言，能退賊者，以鶯鶯妻之。小生挺身而出，作書與杜將軍，庶幾得免夫人之禍。今日命小生赴宴，將謂有喜慶之期；不知夫人何見，以兄妹之禮相待？小生非圖哺啜而來，此事果若不諧，小生即當告退。（夫人云）先生縱有活我之恩，奈小姐先相國在日，曾許下老身侄兒鄭恒。即日有書赴京，喚去了，未見來。如若此子至，其事將如之何？莫若以金帛相酬，先生揀豪門貴宅之女，别爲之求，先生台意若何？（末云）既然夫人不與，小生何慕金帛之色？却不道『書中有女顔如玉』？則今日便索告辭。（夫人云）你且住者，今日有酒也。紅娘，扶將哥哥去書房中歇息，到明日咱别有話説。（下）（紅扶末科）（末念）有分只熬蕭寺夜，無緣難遇洞房春。（紅云）張生，少喫一盞却不好！（末云）我喫甚麽來！（末跪紅科）小生爲小姐，晝夜忘餐廢寢，魂勞夢斷，常忽忽如有所失。自寺中一見，隔墻酬和，迎風待月，受無限之苦楚。甫能得成就婚姻，夫人變了卦，使小生智竭思窮，此事幾時是了？小娘子怎生可憐小生，將此意申與小姐，知小生之心。就小娘子前解下腰間之帶，尋個自盡。（末念）可憐刺股懸梁志，險作離鄉背井魂。（紅云）街上好賤柴，燒你個傻角。你休慌，妾當與君謀之。（末云）計將安在？小生當築壇拜將。（紅云）妾見先生有囊琴一張，必善于此。俺小姐深慕于琴。今夕妾與小姐同至花園内燒夜香，但聽咳嗽爲令，先生動操；看小姐聽得時，説甚麽言語，却將先生之言達知。若有話説，明日妾來回報，這早晚怕夫人尋，我回去也。（下）

◯第四折

（末上云）紅娘之言，深有意趣。天色晚也，月兒，你早些出來麼！（焚香了）呀，却早發擂也；呀，却早撞鐘也。（做理琴科）琴呵，小生與足下湖海相隨數年，今夜這一場大功，都在你這神品——金徽、玉軫、蛇腹、斷紋、嶧陽、焦尾、冰弦之上。天那！却怎生借得一陣順風，將小生這琴聲吹入俺那小姐玉琢成、粉捏就知音的耳朵裏去者！（旦引紅上）（紅云）小姐，燒香去來，好明月也呵！（旦云）事已無成，燒香何濟！月兒，你團圓呵，咱却怎生？

【越調】【鬥鵪鶉】雲斂晴空，冰輪乍涌；風掃殘紅，香階亂擁；離恨千端，閑愁萬種。夫人那，『靡不有初，鮮克有終。』他做了個影兒裏的情郎，我做了個畫兒裏的愛寵。

【紫花兒序】則落得心兒裏念想，口兒裏閑題，則索向夢兒裏相逢。俺娘昨日個大開東閣，我則道怎生般炮鳳烹龍？朦朧，可教我『翠袖殷勤捧玉鐘』，却不道『主人情重』？則爲那兄妹排連，因此上魚水難同。

（紅云）姐姐，你看月闌，明日敢有風也？（旦云）風月天邊有，人間好事無。

【小桃紅】人間看波，玉容深鎖綉幃中，怕有人搬弄。想嫦娥，西没東生有誰共？怨天公，裴航不作游仙夢。這雲似我羅幃數重，只恐怕嫦娥心動，因此上圍住廣寒宮。

（紅做咳嗽科）（末云）來了。（做理琴科）（旦云）這甚麽響？（紅發科）

（旦唱）

【天净沙】莫不是步摇得寶髻玲瓏？莫不是裙拖得環珮玎玲？莫不是鐵馬兒檐前驟風？莫不是金鉤雙控，吉丁當敲響簾櫳？

【調笑令】莫不是梵王宮，夜撞鐘？莫不是疏竹瀟瀟曲檻中？莫不是牙尺蒻刀聲相送？莫不是漏聲長滴響壺銅？潛身再聽在墻角東，元來是近西廂理結絲桐。

【禿厮兒】其聲壯，似鐵騎刀槍冗冗；其聲幽，似落花流水溶溶；其聲高，似風清月朗鶴唳空；其聲低，似聽兒女語，小窗中，喁喁。

【聖藥王】他那裏思不窮，我這裏意已通，嬌鸞雛鳳失雌雄；他曲未終，我意轉濃，爭奈伯勞飛燕各西東；盡在不言中。

我近書窗聽咱。（紅云）姐姐，你這裏聽，我瞧夫人，一會便來。（末云）窗外有人，已定是小姐，我將弦改過，彈一曲，就歌一篇，名曰《鳳求凰》。昔日司馬相如得此曲成事，我雖不及相如，願小姐有文君之意。（歌曰）有美人兮，見之不忘。一日不見兮，思之如狂。鳳飛翩翩兮，四海求凰。無奈佳人兮，不在東墻。張弦代語兮，欲訴衷腸。何時見許兮，慰我彷徨？願言配德兮，携手相將！不得于飛兮，使我淪亡。（旦云）是彈得好也呵！其詞哀，其意切，凄凄如鶴唳天；故使妾聞之，不覺淚下。

【麻郎兒】這的是令他人耳聰，訴自己情衷。知音者芳心自懂，感懷者斷腸悲痛。

【幺篇】這一篇與本宮、始終、不同。又不是《清夜聞鐘》，又不是《黃鶴》《醉翁》，又不是《泣麟》《悲鳳》。

【絡絲娘】一字字更長漏永，一聲聲衣寬帶鬆。别恨離愁，變做一弄。張生呵，越教人知重。

（末云）夫人且做忘恩，小姐，你也説謊也呵！（旦云）你差怨了我。

【東原樂】這的是俺娘的機變，非干是妾身脱空；若由得我呵，乞求得效鸞鳳。俺娘無夜無明并女工；我若得些兒閑空，張生呵，怎教你無人處把妾身作誦。

【綿搭絮】疏簾風細，幽室燈清，都則是一層兒紅紙，幾榥兒疏欞，兀的不是隔著雲山幾萬重，怎得個人來信息通？便做道十二巫峰，他也曾賦高唐來夢中。

（紅云）夫人尋小姐哩，咱家去來。（旦唱）

【拙魯速】則見他走將來氣冲冲，怎不教人恨匆匆。唬得人來怕恐。早是不曾轉動，女孩兒家直恁響喉嚨！緊摩弄，索將他攔縱，則恐怕夫人行把我來厮葬送。

（紅云）姐姐，則管聽琴怎麼？張生著我對姐姐說，他回去也。（旦云）好姐姐呵，是必再著住一程兒！（紅云）再說甚麼？（旦云）你去呵，

【尾】則說道夫人時下有人唧噥，好共歹不著你落空。不問俺口不應的狠毒娘，怎肯著別離了志誠種？（并下）

【絡絲娘煞尾】不爭惹恨索情鬥引，少不得廢寢忘餐病證。

題目　張君瑞破賊計　莽和尚生殺心

正名　小紅娘晝請客　崔鶯鶯夜聽琴

西廂記五劇第二本終